Toni Anzenberger
Pecorino
in der Toskana
Ein Hund geht um die Welt

ars vivendi

Impressum

Originalausgabe
© 2003 by ars vivendi verlag GmbH & Co. KG,
Cadolzburg, Germany
www.arsvivendi.com
© Fotos by Toni Anzenberger vertreten durch
Regina Maria Anzenberger, Agentur für Fotografen, 1050 Wien, Austria
anzenberger@anzenberger.com
www.anzenberger.com

Alle Rechte, insbesondere das Recht der Vervielfältigung und Verbreitung, vorbehalten. Kein Teil des Werks darf in irgendeiner Form ohne schriftliche Genehmigung reproduziert oder unter Verwendung elektronischer Systeme vervielfältigt oder verbreitet werden, insbesondere nicht als Nachdruck in Zeitschriften oder Zeitungen, für Werbung, im öffentlichen Vortrag, für Verfilmungen oder Dramatisierungen, als Übertragung durch Rundfunk und Fernsehen. Dies gilt auch für einzelne Bilder oder Textteile.

Gestaltung und Typografie:
Armin Stingl, Norbert Treuheit
Text: Sabine Cramer
Druck: L.E.G.O., Vicenza, Italien
Printed in Italy
ISBN 3-89716-384-5

Pecorino sollte eigentlich »Schäfchen« *(Pecorella)* heißen.

Fotos auf dem Buchumschlag:
Serpentinenpecorino (Titel)
Feldpecorino (Rückseite)

Gewidmet Brigitte und Dieter

Pecorino

Mein Hund *Pecorino* kam an einem Ort zur Welt, an dem es zu viele Hunde gibt: Ein Bauernhof bei Verona. *Pecorino* stammt aus Verhältnissen, die man gemeinhin als »schwierig« bezeichnet: Viele Geschwister, früh verwaist. Sein Vater, ein weißer Labrador, lebte auf dem Nachbarhof, bevor er eines Tages nicht mehr da war. Kurz darauf verschwand auch die Mutter – und wurde bald vergiftet aufgefunden. *Pecorinos* Geschwister fanden schnell ein neues Zuhause, nur der zurückhaltende Weiße mit den schwarzen Ohren blieb übrig. »Die Letzten werden die Ersten sein«, dachte ich mir, machte ihn zu meinem Begleiter und taufte ihn *Pecorino*, »Schäfchen« – wie ich mir mit meinem damals eher assoziativen Italienisch dachte. Mittlerweile hat mir *Pecorino* hoffentlich verziehen, dass er den Namen einer Käsesorte trägt. ¶ Als Reportagefotograf

Pecorino im Alter von einem Monat

ist es nicht immer einfach, sich mit der nötigen Aufmerksamkeit um einen Hund zu kümmern. Genau genommen hatte ich damals nur zwei Möglichkeiten: *Pecorino* verbringt die Zeit, die ich auf Reisen bin, zu Hause oder er reist mit mir. ¶ Unsere erste gemeinsame Reise ging in die Toskana und *Pecorino* musste erfahren, dass man auch im Auto seekrank werden kann. Als ich eines Nachmittags an einer Panorama-Aufnahme tüftelte und eben auf den Auslöser drückte, lief *Pecorino* plötzlich mitten durchs Bild. Im ersten Moment ärgerte ich mich über die Undiszipliniertheit meines Hundes und schimpfte ein bisschen mit ihm. Aber nach einem Blick auf das entwickelte Foto bat ich ihn für diese vorschnelle Reaktion um Verzeihung. Erstaunt stellte ich nämlich fest, dass *Pecorino* das eigentlich kitschige Landschaftsbild auf eine interessante

Pecorinos Mama Lady

Pecorinos Brüder, Luigi (links) und Levis (rechts)

Art belebte. ¶ So begann ganz ungewollt *Pecorinos* Karriere als Fotomodell. Seitdem ist viel passiert in Pecorinos und meinem Leben. Es ging steil bergauf mit Pecorinos Modellkarriere und wir eroberten im Handumdrehen den berühmtesten Laufsteg der Welt – Paris, die Modemetropole. Danach ging es erst mal in den Urlaub und neben dem Meer und dem Strand lernte Pecorino in Rimini auch seine erste Liebe kennen. Etwas Festes wurde dann allerdings doch nicht daraus, denn wir mussten nach Wien fahren. Ich wollte Pecorino endlich meine Geburtsstadt zeigen. In Wien erlebten wir eine turbulente Kriminalgeschichte, und als wir am Ende eines ereignisreichen Tages auf dem Heldenplatz in den Sonnenuntergang blickten, bemerkte ich, dass Pecorino sich verändert hatte: Er war erwachsen geworden. Und obwohl unsere Reisen viel Abwechslung und interessante Erlebnisse brachten, schien ihm etwas zu fehlen. Er fand es wenig später in München – sie heißt Jessica und hat wunderschöne schwarze Ohren. Viel Zeit zu zweit hatten Jessica und Pecorino allerdings nicht, denn der Nachwuchs ließ nicht lange auf sich warten. ¶ Angesichts von acht kleinen Hunden um uns herum erinnerten sich Pecorino und ich an die Zeit, als er selbst noch ein junger Hund war, noch kaum etwas von der Welt gesehen hatte und noch sooo viel lernen musste ... Hier kommt die Geschichte von Pecorino als Schulhund, von unserer ersten gemeinsamen Reise und davon, wie alles begann.

Toni Anzenberger

Pecorinos Vater Filippo

Lebenslustpecorino

»Es wird Zeit, dass du etwas Sinnvolles lernst!«
Mir schwante nichts Gutes, als Toni diesen Satz sagte.
Etwas Sinnvolles lernen? Ich konnte doch schon alles:
Katzen hinterherjagen, Vögel erschrecken, Löcher buddeln ...
Oder waren das etwa keine sinnvollen Fähigkeiten?
Darüber musste ich erst einmal nachdenken.

Denkpecorino

Die erste Lektion hieß:
»Wache halten«.
An den blitzenden Schlitten traute sich natürlich niemand mehr heran, sobald ich daneben meinen Posten bezogen hatte.

Pecorino 500

Die Nachtschicht war dann ein bisschen gruselig –
überall Gespenster!
Aber ich habe so laut gebellt,
dass sie sofort das Weite gesucht haben.

Gruselpecorino

In Florenz habe ich Pinocchio kennen gelernt.
Gerade als er mir erzählen wollte, wie man es anstellt,
eine so schöne lange Nase zu bekommen, rief mich Toni.
Schade.

Pinocchorino

Die nächste Lektion hieß:
»Aufspüren«.
Plötzlich war alles grün um mich, aber dank meines weißen
Fells hat mich Toni ziemlich schnell aufgespürt ...

Graspecorino

Zugegeben: Aufspüren und Suchen
waren nicht so meine Stärken.
Ganz anders das Fach »Verstecken«.
Ob es in meiner Ahnenlinie wohl ein Chamäleon gibt?

Suchmichpecorino

Versteckter Pecorino

Toni meinte, vielleicht eher einen Angsthasen ...
und ich solle mir ein Beispiel an David nehmen.
Der war auch klein, aber trotzdem mutig. Mmh.

David und Pecorino

Meine nächste Aufgabe war dann auch gleich eine
echte Mutprobe: Ich sollte die »Teufelsbrücke«
bei Borgo a Mozzano überqueren.
Der Teufel persönlich hat diese Brücke gebaut
und dafür die Seele des Ersten, der sie überquert, bekommen.
Und wen haben die Bewohner wohl hinübergeschickt?
Einen Hund! Und da sollte ich keine Angst bekommen?

Teufelspecorino

Zum Glück war das nächste Fach etwas weniger nervenaufreibend: Mathematik.
Blätter zählen, Bäume zählen …

Blätterpecorino

Zypressenpecorino

In Physik habe ich die Geheimnisse der Gravitation erforscht ...

Schiefer Pecorino

… in Kunstgeschichte bin ich aus Versehen eingeschlafen …

Die Geburt des Pecorino

... in Biologie durfte ich an verbotenen Früchten schnuppern ...

Traubenkennerpecorino

… und in Soziologie lernte ich, dass man auch zu zweit ein Herz und eine Seele sein kann. Ich fragte mich, ob mir das wohl auch mal passieren würde?

Freundschaftspecorino

Aber dann kam das Allerschwierigste:
»Stillsitzen«.
Bloß, wie soll das gehen, wenn eine Katze vorbeiläuft?
Da musste ich doch …

Abgelenkter Pecorino

... hinterher!

Sprungpecorino

Ziemlich außer Atem konnte ich mich schließlich
auf das Schönste an der Schule freuen:
die große Pause.

Pausenpecorino

Schlafpecorino

Als Belohnung für meinen Fleiß bekam ich am Ende meiner
Schulzeit sogar einen Siegerkranz als Auszeichnung.
Und alle sagten plötzlich »kluger Hund« zu mir.
Mit so guten Noten könne ich sogar Wachhund werden!

Le-Dernier-Cri-Pecorino

Doch dann kam alles ganz anders:
Nicht meine Wachsamkeit und Klugheit
hatten es den Menschen angetan,
sondern meine schwarzen Ohren.
Meine Karriere als Fotomodell ließ sich nicht mehr aufhalten.

Alleepecorino
Brunnenpecorino

Mit diesem Bild konnte ich sogar Toni
von meinem Starpotential überzeugen.

Serpentinenpecorino

Von den negativen Seiten des Model-Business
halte ich mich allerdings fern.
Eigentlich führe ich ein ganz normales Hundeleben.
In meiner Freizeit jage ich gerne Katzen hinterher,
erschrecke Vögel, buddele Löcher oder ich gehe spazieren
und gucke mir die Welt an – immer der Nase nach.

Der-Nase-nach-Pecorino

Denkpecorino und Toni Anzenberger

Toni Anzenberger

Geboren 1969 in Wien. Von 1982 bis 1988 hat er an vielen internationalen Radrennen teilgenommen und fuhr schließlich im österreichischen Nationalteam. 1989 begann die Zusammenarbeit mit seiner Schwester Regina Maria Anzenberger in deren Agentur für Fotografen. 1990 produzierte er seine ersten Fotoreportagen und von da an regelmäßig Arbeiten, die in Zeitschriften und Zeitungen wie *Amica, Bell'Europa, El País, D la Repubblica delle Donne, Fit for Fun, Focus, freundin, Geo Saison, Independent on Sunday, Reisemagazin, The New York Times, VSD* etc. veröffentlicht wurden. 1994 wurde seine Reportage über die »Orangenschlacht in Ivrea/Piemont« für die Projektion beim internationalen Fotofestival »Visa pour l'Image« in Perpignan, Frankreich, ausgewählt. 1999 Veröffentlichung von »Pecorino in Rimini« in *Photographers International* im Rahmen eines Specials über *Austrian Documentary Photography*. Im internationalen *Canon Kalender* für das Jahr 2000 wurden ausschließlich seine Toskana-Bilder verwendet. 2001 Beteiligung mit fünf Pecorino-Bildern an der Ausstellung über *Austrian Photography* in der Leica Gallery in New York. Im Jahr 2002 fand eine große Pecorino-Ausstellung im Palais Palffy in Wien statt. Seit 2002 erscheint jährlich ein großer

Singin'-in-the-Wind-Pecorino und Toni Anzenberger

Wandkalender mit Pecorino-Motiven im ars vivendi verlag. Der Kalender *Pecorino No. 2* für das Jahr 2003 wurde auf der Internationalen Kalenderausstellung in Stuttgart ausgezeichnet.
Wenn er nicht gerade auf Reisen ist, lebt und arbeitet Toni Anzenberger in München.

Pecorino bei ars vivendi:

Pecorino in Paris · Ein Hund geht um die Welt
Hardcover, 48 Seiten, ISBN 3-89716-234-2

Pecorino in Rimini · Ein Hund geht um die Welt
Hardcover, 48 Seiten, ISBN 3-89716-235-0

Pecorino in Wien · Ein Hund geht um die Welt
Hardcover, 48 Seiten, ISBN 3-89716-357-8

Pecorino in München · Ein Hund geht um die Welt
Hardcover, 48 Seiten, ISBN 3-89716-366-7

Postkartenbuch
Pecorino
Kartoniert, 18 Postkarten
ISBN 3-89716-304-7

Pecorino-Einzelpostkarten
(Bitte fragen Sie in Ihrer Buchhandlung nach
dem aktuellen ars vivendi-Postkartenprospekt)

Außerdem lieferbar:
Pecorino-Kalender
(Bitte fragen Sie in Ihrer Buchhandlung nach
dem aktuellen ars vivendi-Kalenderprospekt)